幼兒全語文階梯故事系列

美食大會

袁妙霞 著
野人 繪

園丁文化

今天，小熊邀請了好朋友來家中
舉行美食大會。

每位來參加的朋友，都會帶一樣
食物來跟大家分享。

小豬來了，他帶來什麼呢？
他帶來一個軟綿綿的蛋糕。

小鹿來了，他帶來什麼呢？
他帶來一盤香噴噴的香腸。

小袋鼠來了，他帶來什麼呢？
他帶來一籃新鮮的水果。

小青蛙來了，他帶來什麼呢？

他帶來一盒……已經融化的冰淇淋。

導讀活動

進行方法：

❶ 讀故事前，請伴讀者把故事先看一遍。
❷ 引導孩子觀察圖畫，透過提問和孩子本身的生活經驗，幫助孩子猜測故事的發展和結局。
❸ 利用重複句式的特點，引導孩子閱讀故事及猜測情節。如有需要，伴讀者可以給予協助。
❹ 最後，請孩子把故事從頭到尾讀一遍。

提問

封面
1. 圖中有什麼美食？你猜小動物們在舉行什麼活動？
2. 請把書名讀一遍。

P2
1. 這是誰的家？有朋友來探望小熊嗎？你是怎樣知道的？
2. 小熊為什麼要放這麼多餐具？你猜朋友來小熊家做什麼呢？

P3
1. 小熊只準備了飲料，沒準備什麼食物。你猜美食大會的食物是從哪裏來的呢？
2. 誰第一個來了？你猜他的盒子裏是什麼食物呢？

P4
1. 你猜對了嗎？
2. 你會怎樣形容這個蛋糕呢？（軟綿綿、香噴噴、圓形……）

P5
1. 接着是誰來了？他帶來什麼食物呢？
2. 請形容一下這些香腸的形狀、顏色、味道。

P6
1. 接着是誰來了？他帶來什麼食物呢？
2. 籃中有什麼水果？有一種水果特別適合天氣炎熱時吃，你知道是哪種嗎？

P7
1. 從各圖看來，今天天氣熱嗎？你是怎樣知道的？
2. 接着是誰來了？你猜他帶來了什麼？

P8
1. 你猜對了嗎？小青蛙帶來什麼食物呢？
2. 小青蛙帶來的冰淇淋怎樣了？為什麼會這樣呢？
3. 如果你是小青蛙，你會在炎熱天氣下帶冰淇淋出門嗎？為什麼？

說多一點點

故事

筷子的傳說

從前，洪水為患，大禹為了治水，忙得連吃飯睡覺的時間都沒有。

一天，大禹在野外煮食。鍋裏的肉太熱，沒法用手拿來吃。

大禹便拿起兩根樹枝，把肉夾出來吃。

後來，人們都學大禹用樹枝夾食，漸漸就演變成用筷子的習慣。

字卡

玩法

❶ 把字卡全部排列出來，伴讀者讀出字詞，請孩子選出相應的字卡。
❷ 請孩子自行選出多張字卡，讀出字詞並口頭造句。

請沿虛線剪出字卡。

舉行	邀請	美食大會
參加	軟綿綿	一盤
香噴噴	香腸	新鮮
已經	融化	冰淇淋

幼兒全語文階梯故事系列
第5級（挑戰篇）

《美食大會》

幼兒全語文階梯故事系列
第5級（挑戰篇）

《美食大會》

©園丁文化

幼兒全語文階梯故事系列
第5級（挑戰篇）

《美食大會》

©園丁文化

幼兒全語文階梯故事系列
第5級（挑戰篇）

《美食大會》

©園丁文化

幼兒全語文階梯故事系列
第5級（挑戰篇）

《美食大會》

©園丁文化

幼兒全語文階梯故事系列
第5級（挑戰篇）

《美食大會》

©園丁文化

幼兒全語文階梯故事系列
第5級（挑戰篇）

《美食大會》

©園丁文化

幼兒全語文階梯故事系列
第5級（挑戰篇）

《美食大會》

©園丁文化

幼兒全語文階梯故事系列
第5級（挑戰篇）

《美食大會》

©園丁文化

幼兒全語文階梯故事系列
第5級（挑戰篇）

《美食大會》

©園丁文化

幼兒全語文階梯故事系列
第5級（挑戰篇）

《美食大會》

©園丁文化

幼兒全語文階梯故事系列
第5級（挑戰篇）

《美食大會》

©園丁文化